AN TURAS SCOILE

1

Bhí Miss Griffin ag breathnú ar an bhfarraige nuair a tháinig Dai Williams ina shuí taobh léi. Bhí an deic beagnach folamh ó dhaoine. Bhí an chuid eile de na paisinéirí sa tolglann nó iad imithe a luí. Bhí lá fada curtha isteach acu agus bheadh an long ag sroicheadh Santander go luath ar maidin.

"Níl tú imithe a chodladh go fóill, mar sin," arsa Dai Williams agus é ag deargadh toitín.

"Níl," ar sise. "Is maith liom bheith anseo ag éisteacht le glór na farraige, agus tá an aimsir chomh haoibhinn sin."

D'fhéach Dai ar an ngealach lán.

"Bhí an t-ádh orainn leis an aimsir," ar seisean. "Tá an fharraige an-chiúin."

"Tá."

Bhí Miss Griffin ag smaoineamh ar an Spáinn. Múinteoir Spáinnise a bhí inti i Meánscoil Cwm Alaw. Bhí áthas uirthi bheith ag filleadh ar an Spáinn arís tar éis na mblianta fada.

"An bhfuil Oviedo i bhfad ó Shantander?" arsa Dai Williams go tobann. "Níor fhéach mé ar an léarscáil go fóill."

Tiománaí mionbhus a bhí i nDai Williams, agus é freagrach as Miss Griffin agus an seisear daoine óga ar an mbus.

"Níl," a d'fhreagair an múinteoir, "ach níl na

bóithre go maith i dtuaisceart na Spáinne."

"An raibh tú in Oviedo cheana?"

"Bhí, uair amháin, nuair a bhí mé óg."

Shéid Dai Williams scamall deataigh san aer.

"Níl tú sean anois," ar seisean léi.

Chas Miss Griffin chuige agus aoibh ar a béal.

"Tá mé an dá scór," ar sise. "Agus tú féin, Mr Williams?"

"Caoga," ar seisean. "Beagnach caoga a haon."

"Tá an t-am ag gabháil thart," arsa an múinteoir.

Chlaon an tiománaí a cheann ag aontú léi.

"Ní bhfuair mé seans go fóill aithne a chur ar na daoine óga," ar seisean. "Ach is dream an-deas iad, de réir cosúlachta."

"Sea, go deimhin. Tá súil agam go mbainfidh siad taitneamh as an turas. Beidh siad ag dul faoi scrúdú an GCE sa samhradh, agus tá siad go léir ag déanamh Spáinnise."

"An é sin an fáth a bhfuil tú á dtabhairt go dtí an Spáinn?"

"Ní hé. Is amhlaidh atá Cwm Alaw cónasctha le hOviedo. Roghnaíodh ceathrar buachaillí agus beirt chailíní mar ionadaithe ó Chwm Alaw agus tá comhairle an bhaile ag díol as an turas."

"Cad é an t-ainm atá ar an mbuachaill sin a bhíonn ag cuidiú liom leis an mbagáiste?" arsa Dai Williams.

"Arfon," arsa Miss Griffin.

"Is breá an buachaill é," arsa Dai.

"Is breá go deimhin," arsa an múinteoir. "Bhí Arfon i rang A ar nós an chuid eile acu, ach chuaigh sé síos go rang B dhá bhliain ó shin. Scar a thuismitheoirí, agus ina dhiaidh sin chaill sé spéis san obair scoile ar fad, taobh amuigh de na cluichí. Sin an fáth a bhfuil sé ar an turas. Tá sé mar ionadaí ó rannóg na lúthchleasaíochta sa scoil."

"Cad faoin mbuachaill ard úd a bhfuil an ghruaig fhionn air?"

"Ó, Jonathan atá i gceist agat. Sin mac an mhéara."

Chlaon Dai Williams a cheann, ach ní dúirt sé dada. Níor thaitin Jonathan an oiread sin leis. Thug sé faoi deara go mbíodh sé ag gáire faoi Arfon taobh thiar dá dhroim. Bhí tuairim aige go n-éireodh idir an bheirt bhuachaillí sin sula mbeadh an turas thart.

2

"Féadann Rambó an bagáiste a chur sa mhionbhus," arsa Jonathan go magúil le Hayley agus Judith nuair a bhí siad réidh le cúrsaí custaim ar dhugaí Santander.

Agus le fírinne bhí Arfon — nó Rambó mar a thugadh Jonathan air nuair nach mbíodh sé ag éisteacht — cheana féin ag cuidiú le Mr Williams. Ba ghearr go raibh na daoine agus an trealamh go léir sa mhionbhus agus dhúisigh an tiománaí an t-inneall. D'fhág siad tithe geala Santander ina ndiaidh agus

lean siad an bóthar a bhí ag rith idir farraige ghorm
Bhá na Bioscáine agus na Sléibhte Cantabracha.

Nuair a bhí siad ar an mbus thosaigh Jonathan
a chaint os íseal le Christopher agus a gháire faoi
Arfon.

"Níl aon mheabhair chinn ag Arfon," ar seisean
de sciotar. "Níl ann ach an lúithne. Beidh orainn gach
aon rud a mhíniú dó go mion anseo sa Spáinn."

Déanta na fírinne, bhí an-mheabhair chinn ag
Arfon, agus bhí a fhios aige go mbíodh Jonathan ag
magadh faoi leis na daoine eile. Ach d'fhoghlaim sé le

9

smaoineamh sula bhfreagródh sé. D'aithin sé go raibh an t-ádh air agus a bheith ar an turas seo ar chor ar bith. Ní bheadh a Mhaim ábalta go deo díol as é a theacht go dtí an Spáinn. Ní raibh sé chun an turas a mhilleadh trí bheith ag troid le Jonathan ná le duine ar bith eile.

Shroich siad Oviedo ar a ceathair a chlog. Bhí an méara agus roinnt comhairleoirí ag fanacht leo i halla an bhaile. Bhí óráid fháiltithe ann agus cóisir bheag, agus ansin thug na cuairteoirí aghaidh ar an teach aíochta i gceantar ciúin den bhaile.

Bhí an teach aíochta nua-aimseartha i gceart, ach bhí sé beag agus b'éigean dóibh seomraí a roinnt.

"Jonathan agus Christopher, seomra a seacht," a d'fhógair Miss Griffin tar éis di labhairt leis an mbainisteoir. "Hayley agus Judith, seomra a deich. Dean agus Arfon, seomra a cúig déag."

A luaithe agus a shroich sé an seomra, thosaigh Jonathan a ghearán le Christopher.

"Bhí an fáiltiú sin i halla an bhaile mill-teanach," ar seisean, á chaitheamh féin go trom ar a leaba.

"An raibh?" arsa Christopher. "Cén dóigh?"

Rinne Jonathan gáire searbh.

"Sú oráiste agus císte," ar seisean. "Sú oráiste sa Spáinn! Cuimhnigh air!"

Thosaigh Christopher a tharraingt a chuid éadaigh as a mhála.

"Cad leis a raibh tú ag súil?" ar seisean.

"Seiris, ar ndóigh; nó ar a laghad ar bith fíon."

"Is turas scoile é seo," ar Christopher. "Ní thabharfaidís fíon dúinne."

D'ardaigh Jonathan a chloigeann ón adhairt.

"An bhfaca tú an comhartha úd ar an mbealach anseo?"

"Comhartha? Cén comhartha?"

"Tá halla dioscó díreach thart an coirnéal uainn. Cúig nóiméad siúil, déarfainn."

D'amharc Christopher air go hamhrasach.

"De réir Miss Griffin, caithfimid bheith istigh roimh a naoi a chlog," ar seisean.

Rinne Jonathan gáire an athuair.

"M'athairse a d'eagraigh an turas seo," ar seisean. "Is cuma liom faoi Miss Griffin. Tá mé ag dul chuig an dioscó anocht."

3

"Cad is dóigh leat de Judith?" arsa Dean go tobann.

Bhain Arfon súmóg as a chuid caife. Bhí citeal agus tae agus caife sa seomra, mar aon le cuisneoir a bhí lán de dheochanna éadroma.

"Tá Judith go hálainn," ar seisean. "Cad chuige?"

"Ó, a dhath ar bith." Stad Dean ar feadh soicind. "Bhuel, leis an bhfírinne a dhéanamh, tá éileamh beag agam uirthi."

Chuir Arfon an caife uaidh agus d'oscail iris spóirt.

"Agus ar iarr tú uirthi dul amach leat?" ar seisean gan féachaint suas.

Chroith Dean a chloigeann.

"Ní raibh sin de mhisneach ionam go fóill," ar seisean, ag deargadh beagán.

Ní dúirt Arfon focal.

"Sílim go bhfuil éileamh beag agatsa ar Hayley, a Arfon," arsa Dean.

D'ardaigh Arfon a cheann gur amharc ar a chara.

"Cad a bheir ort é sin a rá?"

"Ó, rud ar bith. Ach chonaic mé thú ag breathnú uirthi."

Bhain Arfon croitheadh as a ghuaillí.

"Tá sí an-dathúil," ar seisean. "Ach tá spéis aici i Jonathan."

"Jonathan, an ea! Ach chuirfeadh seisean breoiteacht ort!"

Leis sin chuala siad na céimeanna sa phasáiste agus ansin fuaim mar a bheadh duine ag cnagadh ar dhoras.

"Sin Jonathan ag glaoch isteach chuig Hayley anois, bíodh geall," arsa Arfon, agus thiontaigh sé an chéad leathanach eile san iris gur thosaigh a léamh.

* * *

"Tar isteach!"

Nuair a d'oscail Jonathan an doras bhí Hayley ina suí i gcathaoir uilleach ag scríobh litreach. Bhí Judith ina suí ar a leaba ag triomú a cuid gruaige le tuáille.

Dhún Jonathan an doras taobh thiar de agus dúirt, "Tá mé ag dul chuig an dioscó. An bhfuil sibh ag teacht?"

D'amharc na cailíní air agus iontas orthu.

"Ach tá sé a deich a chlog," arsa Hayley, "agus dúirt Miss Griffin..."

"D'athraigh sí a hintinn," arsa Jonathan, ag insint bréige. "Tá sí imithe amach in éindí leis an tiománaí. Téanaigí oraibh. Ní bheimid déanach ar ais."

Chroith Judith a ceann.

"Tá mé díreach i ndiaidh mo chuid gruaige a ní," ar sise.

Ach bhí Hayley ag déanamh a machnaimh ar an scéal. Ní raibh sí ag cleachtadh mórán Spáinnise anseo sa teach aíochta.

"Cé atá ag dul?" ar sise. "B'fhearr liom dá mbeadh scaifte ag dul ann."

"Tá gach duine ag dul," arsa Jonathan go gasta.

Ní raibh sin fíor ar chor ar bith. Bhí Christopher tar éis a shocrú go bhfanfadh sé sa teach aíochta. Bhí sé tuirseach ón turas. Ach ar ndóigh ní raibh a fhios sin ag Hayley.

"Ceart go leor," ar sise. "Beidh me réidh i

gceann cúig nóiméad."

* * *

Baineadh siar as Arfon agus Dean nuair a bhuail Jonathan isteach sa seomra chucu.

"Tá mé ag dul chuig an dioscó le Hayley," ar seisean. "An bhfuil sibh ag teacht?"

Chroith Dean a cheann. Níor thaitin Jonathan leis ar chor ar bith.

"Cad fútsa, a Arfon?" arsa Jonathan agus gáire beag ar a aghaidh. "Más fíor do Hayley bheadh faitíos ortsa teacht linn."

Dhún Arfon an iris spóirt agus d'éirigh ón gcathaoir uilleach.

"Téanam orainn!" ar seisean.

4

Nuair a shroich siad an dioscó ba é Jonathan a d'íoc as na ticéid. Bhí sé ag iarraidh dul i gcion ar Hayley, ach bhí neart airgid leis chun na Spáinne ar chuma ar bith. Bhí fear mór ag díol na dticéad ag an doras.

"An Sasanaigh sibh?" ar seisean.

"Ní hea, ach Breatnaigh," arsa Hayley.

Rinne an fear gáire leis an gcailín dathúil.

"Tá an Spáinnis go maith agat," ar seisean. "Bain sult as an oíche."

14

Istigh sa halla theastaigh ó Jonathan buidéil fhíona a cheannach dóibh, ach dúirt Hayley gurbh fhearr léi féin cóc a ól.

"Beidh cóc agamsa chomh maith," arsa Arfon. "Ní maith liom fíon."

Tháinig freastalaí leis na deochanna agus d'íoc Arfon astu. Ar an dea-uair dó, ní raibh siad daor. Ní raibh mórán airgid phóca aige, mar Arfon.

Chuaigh siad ina suí ag bord i gcúinne den halla. Ní raibh Hayley ar a socracht mar ní raibh an oiread sin cailíní san áit. Agus mar bharr ar an donas bhí Jonathan ag déanamh barraíocht cainte agus bhí Arfon róchiúin. Le fírinne, thaitin Arfon le Hayley ach bhíodh sé i gcónaí róghnóthach le cúrsaí aclaíochta le dul chuig an gcaife nó chuig an bpictiúrlann tráth-nónta mar a dhéanadh a cairde eile, agus d'fhág sin nach raibh mórán aithne aici air.

"Bíodh damhsa againn, a Hayley," arsa Jonathan go tobann.

D'amharc Hayley thart. Ní raibh duine ar bith eile ag damhsa. Ach bhí Jonathan ar a chosa cheana féin agus b'éigean di é a leanúint.

Bhí Jonathan go maith ag damhsa, ach ba bhreá leis aird a tharraingt air féin. Nuair a thug sé faoi deara go raibh na buachaillí uilig ag amharc ar an gcailín dathúil a bhí ina chuideachta, thosaigh sé a dhamhsa go fiánta. Níorbh fada gur éirigh buachaillí eile amach a dhamhsa timpeall ar Jonathan agus Hayley. Ansin tháinig fear de na buachaillí eatarthu gur thosaigh a dhamhsa le Hayley. Thug Jonathan iarraidh an buachaill a bhrú as an mbealach, ach bhí an Spáinneach rómhór agus róláidir.

An chéad rud eile chonaic Arfon Jonathan ag teacht ar ais go dtí an bord leis féin.

"Cá bhfuil Hayley?" ar seisean.

"Tá sí ag damhsa le Spáinneach," arsa Jonathan.

"Níor chóir duit í a fhágáil léi féin," arsa Arfon go feargach.

Chroith Jonathan a ghuaillí agus d'ardaigh a dheoch chuig a bhéal. Bhí spéis caillte aige i Hayley. Stad an ceol agus thosaigh na daoine a fhágáil an urláir.

"Go raibh maith agat," arsa Hayley leis an leaid a bhí tar éis damhsa léi. Thug sí in amhail bogadh chun siúil ach rug an buachaill ar a sciathán.

"Cárb as thú?" ar seisean. "As an bhFrainc? Nó as an nGearmáin?"

Níor thug Hayley freagra ar bith air. Níor thaitin dreach an leaid léi, ná an gáire a bhí ar a aghaidh.

Nuair a chonaic Arfon Hayley ag iarraidh í féin a shaoradh uaidh d'éirigh sé de phreab gur shiúil amach go lár an halla. Leag sé a lámh ar sciathán an Spáinnigh.

Thiontaigh an Spáinneach thart agus d'aithin Arfon go raibh sé fiche bliain d'aois ar a laghad. Ach ba chuma le hArfon faoi sin. Is ar Hayley a bhí sé ag smaoineamh.

"Cé hé sin?" arsa an Spáinneach le Hayley.

"Mo bhuachaill," arsa an cailín go gasta.

Theagmhaigh súile na beirte buachaillí le chéile ar feadh soicind. Bhí an Breatnach níos óige agus níos lú ná an Spáinneach ach bhí cuma an-dáiríre air, agus bhí greim daingean aige ar sciathán an Spáinnigh. Rinne an Spáinneach moill bheag mar bhí a chairde go léir ag breathnú air, ach ansin scaoil sé as sciathán Hayley.

"Go raibh maith agat as an damhsa," ar seisean agus é ag iarraidh aoibh a chur air féin. Ansin thiontaigh sé ar a sháil gur shiúil uathu.

5

Níor fhan siad i bhfad ag an dioscó. Bhí Hayley ag mothú neirbhíseach i ndiaidh na heachtra leis an Spáinneach.

"Tá mé ag dul ar ais chuig an teach aíochta," ar sise le Jonathan agus Arfon, agus níor chuir siadsan ina coinne.

Bhí sé ceathrú tar éis a haon déag nuair a bhain siad an teach aíochta amach. Chuaigh Hayley agus Jonathan díreach in airde chuig a gcuid seomraí ach sheas Arfon nóiméad nó dhó ag an deasc ag léamh bróisiúir faoi na háiseanna caithimh aimsire i gceantar Oviedo.

Bhí sé díreach ag barr an staighre nuair a d'oscail doras ar a chlé agus b'iúd amach Miss Griffin agus gúna oíche fada uirthi.

"A Arfon!" ar sise agus iontas uirthi. "An é nach bhfuil tú imithe a luí go fóill? Cá raibh tú? An bhfuil tú leat féin?"

"Chua... chuaigh mé amach ar shiúlóid bheag," arsa Arfon. Ansin d'inis sé caimseog. "I m'aonar."

"Ó," arsa Miss Griffin. "Siúlóid bheag, an ea? Tá mise ag dul a chaint le bainisteoir an tí aíochta. Déileálfaidh mé leatsa amárach..."

***

An mhaidin dár gcionn bhuail Miss Griffin le

Jonathan agus é ar a bhealach go dtí an seomra bia.

"Chuaigh Arfon amach aréir," arsa an múinteoir. "Agus bhí sé déanach ag teacht ar ais. Más fíor don bhainisteoir, ní raibh sé leis féin ach oiread. Bhí buachaill agus cailín ina chuideachta. An bhfuil a fhios agatsa cé a bhí ann, a Jonathan?"

Chroith an buachaill a chloigeann go mall mar a bheadh sé ag smaoineamh go domhain.

"Níl tuairim faoin spéir agam, a mháistreás," ar seisean go soineanta. "Bhí mise sa seomra le Christopher an oíche ar fad."

"Go raibh maith agat, a Jonathan."

"Bhuel, fágann sé sin gurbh iad Arfon agus Dean an bheirt bhuachaillí," arsa Miss Griffin ina haigne féin. Ach cérbh í an cailín? Tharraing sí an scéal anuas leis an tiománaí agus iad ag caitheamh bricfeasta.

"Déan dearmad den ghnó ar fad," arsa Dai Williams. "Nár tháinig siad go léir ar ais slán sábháilte?"

Smaoinigh Miss Griffin ar feadh nóiméid.

"Tá an ceart agat, Mr Williams," ar sise. "Ní theastaíonn uaim a bheith ag imní agus ag fosaoid an turas ar fad, ach ní dhéanfaidh mé dearmad de. Beidh mé ag caint leis an bpríomhoide faoin scéal nuair a rachas muid ar ais go Cwm Alaw. Agus deirimse leat nach mbeidh Arfon ar an gcéad turas scoile eile!"

6

D'fhan Jonathan nó go bhfuair sé seans labhairt le Hayley ina haonar.

"A mh'anam féin," ar seisean léi agus iad ar a mbealach go dtí an mionbhus, "ach tá an-tuairim ag Arfon de féin."

Thiontaigh an cailín chuige.

"Cad é tá i gceist agat?"

"Bhí Arfon ag maíomh le Christopher agus Dean faoin dóigh ar tháinig sé i gcabhair ort ag an dioscó aréir. Is iontach an tsamhlaíocht atá aige. Tá sé fiú ag caint ar nós Rambó anois!"

Tháinig luisne in aghaidh Hayley. Ceart go leor, bhí eagla uirthi ag an dioscó, ach ní raibh aon cheart ag Arfon a bheith ag maíomh agus ag insint an scéil don saol mór.

Thug an grúpa cuairt an mhaidin sin ar mheán-scoil an bhaile, áit a bhfaca siad ranganna ar bun. Bhí lón acu sa scoil ag meán lae. Thug Arfon faoi deara go raibh Hayley á sheachaint, agus nuair a thug sé iar-raidh labhairt léi, thiontaigh sí a haghaidh an bealach eile. Níor thuig sé an scéal ar chor ar bith. Bhí sí an-chairdiúil an oíche roimhe sin.

I rith an tráthnóna thug Dai Williams iad go dtí caife i lár an bhaile. Chuaigh Jonathan, Christopher, Hayley agus Judith a shuí ag aon bhord le chéile taobh amuigh den chaife, agus b'éigean d'Arfon agus Dhean suí ar aghaidh Miss Griffin agus an tiománaí amach.

J98, 266

"Bhuel, is maith leat spórt agus lúthchleas-aíocht, cluinim," arsa Dai Williams le hArfon fad a bhí siad ag fanacht leis na deochanna a theacht. "Cén spórt is fearr leat?"

"Júdó," arsa Arfon. Bhí áthas air a bheith ag caint le duine éigin. Bhí sé buartha faoi Hayley ar feadh na maidine. "Bíonn rang oíche againn sa scoil. Tá an múinteoir, Mr French, sa tríú *dan*."

"Cén crios atá agat féin?" arsa Dai Williams.

"Crios dubh," arsa Arfon go modhúil, "ach níl mé ach sa chéad *dan*."

"Agus an bhfuil an júdó úsáideach?" a d'fhia-fraigh an tiománaí.

"Bhuel, is spórt é."

Bhí fonn ar Dhai tuilleadh eolais a fháil.

"Dá dtabharfadh duine fogha fút le maide nó scian," ar seisean, "cad é a dhéanfá?"

"Chuirfinn sna cosa an méid a bheadh i mo chorp," arsa Arfon agus é ag gáire. "Sin an rud a mholfadh Mr French dúinn!"

Thiontaigh an tiománaí chuig an mbuachaill a bhí le taobh Arfon.

"Cad fútsa, a Dhean?" ar seisean. "An imríonn tusa júdó?"

Chroith Dean a chloigeann.

"Ní imrím," ar seisean. "I gcaitheamh an téarma bíonn barraíocht obair bhaile le déanamh agam; agus i gcaitheamh na laethanta saoire bím ag tabhairt lámh chúnta do m'athair. Fear bainne atá ann, agus bímse ag iompar buidéal nó ag tiomáint na veaine dó."

D'amharc Dai Williams air agus iontas air.

"Agus an bhfuil tusa seacht mbliana déag d'aois?"

"Níl. Ní go fóill. Ach ní bhíonn mórán tráchta ar bhóithre Cwm Alaw thart ar a cúig a chlog ar maidin!"

* * *

An oíche sin bhí cóisir ag Jonathan agus Christopher ina seomra. Bhí Jonathan tar éis roinnt buidéal seaimpéin a cheannach, agus cúpla todóg mhór. Bhí Hayley agus Judith ar an gcóisir, ach ní bhfuair Arfon ná Dean cuireadh. Ní raibh a fhios ag Miss Griffin dada faoin gcóisir. D'fhan sí ina seomra ag iarraidh a shocrú cad ba chóir a dhéanamh leis na páistí lá arna mhárach, Dé Sathairn.

7

Bhain Pierre Guyot tarraingt fhada as a thoitín agus d'amharc amach an fhuinneog ar na sléibhte arda. Thaitin an radharc go mór leis. B'as Marseilles dó, áit nach raibh sléibhte ar bith. Bhí sé tamall ina chónaí i bPáras chomh maith, agus sa Róimh — i bpríosún a bhí sé an dá bhabhta. Bithiúnach a bhí i nGuyot, agus fear a raibh contúirt ann.

Bhí beirt fhear eile sa seomra. Spáinnigh a bhí iontu: Jaime Herrera as Barcelona, agus Luis Valbuena as Cádiz. Ní raibh Spáinnis ar bith ab fhiú ag Guyot agus dá thairbhe sin bhí siad ag labhairt Fraincise eatarthu féin.

"Beidh an bréagcharr póilíní agus na cultacha réidh faoi mhaidin," arsa Herrera leis an gcuid eile. "Baileoidh mise iad go breá luath. Buailfidh mé libh sa choill ar an mbóthar idir León agus Mieres. Féadann Pierre a chuid éadaigh a athrú agus an chulaith phóilín a chur air sa choill."

"Cad fúmsa?" arsa Valbuena.

"Beidh tusa ag tiomáint an tsalúin," arsa Herrera. "Fanfaidh tú linn ar an bpríomhbhóthar idir Mieres agus Oviedo nó go bhfillimid sa charr póilíní tar éis dúinn an jab a chríochnú. Agus ar ndóigh beidh ort áit mhaith a roghnú dúinn leis an gcarr póilíní a chur i bhfolach."

D'oscail sé amach léarscáil agus na háiteanna tábhachtacha go léir marcáilte uirthi le X mór.

"Beidh siopa seodóra Alfonsín i Mieres ag druidim ar a haon a chlog don *siesta*," ar seisean. "Tá airgead agus clocha lómhara ann. Tá mé ag caint faoi luach na milliún."

Chuala siad clic, agus thiontaigh siad a gceann. Bhí Guyot ag glanadh a phiostail.

"Na milliúin," arsa an Francach go tomhaiste. "Cén sórt milliún — *pesetas* nó *francs*?"

"*Francs*," arsa Herrera agus é ag gáire.

8

Bhí Miss Griffin tar éis a shocrú go dtabharfadh sí na páistí go dtí na sléibhte maidin Dé Sathairn.

"Ní bheidh sé chomh te sna sléibhte," ar sise leis an tiománaí, "agus tá bainisteoir an tí aíochta tar éis picnic a ullmhú dúinn."

Chlaon Dai Williams a cheann ag aontú léi. Ba é sin díreach an rud a bhí in aice lena thoil. Thaitin sé leis a bheith ag tiomáint agus bhí sé ag éirí tuirseach de bhaile Oviedo cibé ar bith. Chuaigh sé suas go dtí a sheomra gur tháinig anuas le léarscáil de bhóithre an cheantair. Leath sé amach an léarscáil ar bhord an tseomra bia.

"Cén bóthar a thógfaimid?" a d'fhiafraigh sé den mhúinteoir.

Bhreathnaigh Miss Griffin ar an léarscáil.

"Ba mhaith liom León a fheiceáil," ar sise. "Tá mianaigh ghuail an treo sin mar atá sa bhaile againn i gCwm Alaw."

"Ní fhéachann León rófhada ar shiúl," arsa an tiománaí. "Ach b'fhearr dúinn a bheith ag cur chun bóthair díreach i ndiaidh an bhricfeasta."

* * *

Bhí an grúpa an-chiúin an mhaidin sin. Bhí tinneas goile ar Jonathan ón seaimpéin go léir agus bhí tinneas cinn ar Christopher de dheasca na todóige móire a chaith sé ag an gcóisir. Agus mar bharr ar sin uilig ní raibh Hayley ag caint le hArfon cionn is gur shíl sí go raibh sé i ndiaidh a bheith ag sceitheadh scéil agus ag maíomh le gach duine as an ngaisce a rinne sé ag an dioscó.

Ach níor thug Miss Griffin a dhath ar bith mar sin faoi deara agus iad sa mhionbhus. Bhí sí an-sásta a bheith ar ais sa Spáinn, agus mhair sí ag caint agus ag caint ar feadh an aistir.

"Féachaigí ar na sléibhte sin," ar sise leis an ngrúpa. "Níl sléibhte mar sin sa Bhreatain Bheag."

27

Níor thug an grúpa aird ar bith uirthi. Bhí gach duine acu agus a intinn ar rudaí eile ar fad. Bhí Judith agus Dean ag smaoineamh ar a muintir féin sa Bhreatain Bheag; bhí Hayley ag smaoineamh ar Arfon; agus bhí Arfon ag smaoineamh ar Hayley; bhí Christopher ag smaoineamh ar a chloigeann tinn, agus bhí Jonathan ag smaoineamh ar na pianta ina bholg.

Go tobann bhraith Arfon comhartha le taobh an bhóthair: *Fáilte go Mieres.* Thiontaigh sé chuig Dean.

"Mieres," ar seisean os íseal. "De réir an bhróisiúir a léigh mé sa teach aíochta, tá club júdó i Mieres, agus tagann siad le chéile gach maidin Sathairn."

D'amharc Dean ar a chara agus thuig sé láithreach cad a bhí ina aigne. Bhí Arfon buartha faoi Hayley, agus mar sin de ní raibh sé ag baint suilt as an turas ar chor ar bith. Go tobann rith smaoineamh le Dean.

"Miss Griffin?" ar seisean de ghuth ard.

Thiontaigh an mháistreás a ceann thart.

"Sea, a Dhean?"

"Mothaím rud beag tinn. Sílim gurbh fhearr dom fanacht anseo i Mieres go dtí go mbeidh sibhse ag filleadh tráthnóna."

"Ach ní féidir leat fanacht anseo i d'aonar," arsa Miss Griffin. "Beidh ar dhuine éigin fanacht in éindí leat."

"Tá mise sásta fanacht in éindí leis," arsa Arfon

28

go tapa. "Ní gá an turas a mhilleadh ar gach duine eile."

Stop Dai Williams an bus i gcearnóg láir an bhaile agus thuirling Arfon agus Dean de le chéile.

"Bígí anseo ar a ceathair a chlog," arsa an mháistreás go húdarásach. "Agus ná téigí amú."

9

"Cad é tá cearr leat?" a d'fhiafraigh Pierre Guyot.

Las Luis Valbuena toitín.

"A dhath ar bith; tá mé dubh dóite de bheith ag fanacht le Jaime, sin an méid," ar seisean go giorraisc, ach thug Guyot faoi deara go raibh lámh an Spáinnigh ar crith.

"Múch an lasóg sin," a d'ordaigh Guyot. "Ní theastaíonn uainn tine a thosú sa choill."

Shéid Valbuena an lasóg as. Bhí an bheirt acu ina suí i gcarr Seat gorm i bplásóg ghlan sa choill. Ó am go chéile thugadh Guyot féachaint ar a uaireadóir, mar bhí Jaime Herrera mall. Bhí Valbuena ag mothú an-neirbhíseach. Bhí sé ag smaoineamh ar an bpiostal a bhí ina phóca ag an bhFrancach. An amhlaidh a bhí fonn rómhór ar Ghuyot é a úsáid?

* * *

Tháinig lucht an mhionbhus a fhad le coill mhór leath

bealaigh idir Mieres agus León. Bhí comhartha le taobh an bhóthair: *Lago 1 Km*. Bhí an comhartha ag díriú isteach sa choill.

"Cad é an rud é *lago*?" arsa Dai Williams le Miss Griffin.

"Is ionann *lago* agus loch," arsa an múinteoir. "Tá loch sa choill."

Bhreathnaigh Dai Williams ar phainéal ionstraimí an bhus.

"Táimid ag dreapadh le níos mó ná leathuair an chloig anois," ar seisean, "agus tá an t-inneall ag téamh. Thiocfadh linn stopadh anseo agus siúl síos go dtí an loch."

"An-smaoineamh go deo," arsa Miss Griffin. Bhí sé an-te sa mhionbhus. "Beidh an phicnic againn ar bhruach an locha."

Tháinig siad uilig den bhus agus thosaigh a shiúl síos cosán i dtreo an locha. Bhí roinnt scamall geal sa spéir ghorm agus anseo sna sléibhte bhí an anáil éadrom ghaoithe go deas fionnuar ar a n-aghaidh. Bhí na héin ag canadh sa choill thart orthu.

I gceann deich nóiméad bhí siad ag an loch. Ní raibh sé an-mhór, mar loch, ach bhí an t-uisce an-mhealltach ag breathnú faoi thaitneamh na gréine. Shuigh siad síos ar an bhféar agus d'oscail siad na bearta a bhí leo don phicnic. Bhí cúpla eala ag snámh san uisce agus nuair a tháinig siad i ngar dóibh chaith Dai Williams giota aráin chucu.

D'amharc Hayley thart. Bhí an radharc go

haoibhinn ar fad. Thosaigh sí a chuardach ina mála láimhe.

"Ó," ar sise leis an gcuid eile, "d'fhág mé an ceamara sa bhus."

Thiontaigh Dai Williams chuici, agus é tosaithe a dh'ithe ceapaire cheana féin.

"Seo eochracha an bhus," ar seisean. "B'fhéidir go rachadh duine de na buachaillí in éindí leat."

Ach níor bhog Jonathan ná Christopher. Bhí siad róthuirseach.

"Ná bí buartha, a Hayley," arsa Judith.

"Rachaidh mise leat."

"Cad chuige a bhfuil tú chomh crosta sin le hArfon, a Hayley," arsa Judith nuair a bhí siad ag dul suas an cosán.

"Cad é a rinne sé ort?"

"Más fíor do Jonathan, chuaigh Arfon thart ag maíomh le gach duine faoin méid a tharla an oíche úd ag an dioscó," arsa Hayley.

"Bhuel, is dóigh liomsa go raibh Jonathan ag insint bréige duit," arsa Judith. "Bhí mé féin ag caint le Dean agus Christopher agus ní raibh a fhios acu a dhath faoin ngnó. Níor luaigh Arfon an dioscó le duine ar bith. Agus dá mbeadh a fhios ag Arfon cad é a bhí Jonathan a rá..."

Leis sin féin chuala siad torann gluaisteáin sa choill. Bhí an t-inneall ag scréachaíl go hard.

"Tá deifir mhór ar an tiománaí sin," arsa Judith. "Agus gur shíl mé go nglacann daoine an saol go réidh sa Spáinn."

Tháinig siad go dtí crosaire. "Ó, féach!" arsa Judith. "Coiníní! Nach bhfuil siad go hálainn!"

"Seo an bealach ar ais go dtí an bus," arsa Hayley, ach bhí sí rómhall. Bhí Judith cheana féin imithe as radharc i measc na gcrann...

10

Tháinig Arfon agus Dean ar an gclub júdó i sráid

chaol cóngarach do chearnóg láir an bhaile. Bhí an club ar oscailt ach stad Dean taobh amuigh den doras.

"Ní theastaíonn uaim dul isteach," ar seisean le hArfon. "B'fhearr liom bheith ag fánaíocht thart faoin mbaile agus ag breathnú ar na siopaí."

"Ceart go leor," arsa Arfon. "Dála an scéil, cad é an t-am atá sé?"

D'amharc Dean ar a uaireadóir.

"Beagnach a haon déag," ar seisean. "An ndéanfadh sé cúis dá gcasfaí le chéile muid sa chearnóg ar a haon a chlog agus deoch a bheith againn i gcaife?"

Chlaon Arfon a cheann ag aontú leis.

"Tá go maith," ar seisean. "Feicfidh mé ar a haon a chlog thú mar sin."

Chuaigh sé isteach sa halla mar a raibh grúpaí daoine agus éide júdó orthu ag cleachtadh ar mhata ollmhór. Ní raibh a éide júdó leis, agus mar sin de chuaigh sé ina shuí ar chathaoir le hais an bhalla. Níor chuir duine ar bith sonrú ann. Bhí siad uilig róghnóthach lena gcuid cleachtaí féin. Ach bhí Arfon ag baint suilt as an atmaisféar mar san áit sin bhí sé i gcomhluadar daoine a raibh spéis acu sna rudaí céanna leis féin. Thiocfadh leis dearmad a dhéanamh de Miss Griffin agus de Jonathan agus de Hayley go ceann cúpla uair an chloig ar a laghad.

* * *

Stop Jaime Herrera an bréagcharr póilíní le taobh an Seat ghoirm.

"Bhuel," a scairt sé tríd an bhfuinneog oscailte, "cad é bhur mbarúil de?"

Tháinig an dá bhithiúnach amach as an Seat gur bhreathnaigh ar an gcarr póilíní.

"Ar fheabhas ar fad," arsa Luis Valbuena. "Tá sé ar fheabhas."

Bhí a chulaith phóilín ar Herrera cheana féin. Chuaigh sé gur oscail cúl an chairr phóilíní.

34

"Seo culaith duitse, a Phierre," ar seisean le Guyot. "Beidh ort athrú láithreach." D'amharc sé ar a uaireadóir. "Agus déan deifir. Níl an oiread sin ama againn."

Thóg an Francach an chulaith uaidh agus thosaigh a bhaint a éadaigh féin de.

"Tá mionbhus páirceáilte ar an mbóthar mór," ar seisean le Luis Valbuena. "An bhfaca sibh nó ar chuala sibh a dhath ar bith?"

Chroith Valbuena a cheann.

"Ní fhaca," ar seisean. "Ná níor chuala. A dhath ar bith."

"Bus ó Shasana atá ann," ar seisean. "Is dócha go bhfuil na daoine imithe síos a bhreathnú ar an loch."

Bhain Valbuena croitheadh as a ghuaillí. Bhí a intinn ar rudaí eile.

"An féidir dom bheith ag imeacht anois?" ar seisean. "Níl faic ar siúl agam anseo."

"Is féidir," arsa Herrera. "Tóg an Seat agus bí ag fáire amach d'áit mhaith ar an mbóthar mór taobh thall de Mhieres. Fan linne ansin."

Thiontaigh Luis Valbuena agus shiúil ar ais chuig an Seat. Ansin chuala sé Guyot ag mallachtaigh i bhFraincis.

"Cad é tá cearr, a Phierre?" arsa Herrera, ag casadh chuige.

Chonaic sé an Francach agus gan d'éadaí air ach a threabhsar, agus a léine ina láimh chlé agus gunna ina láimh dheas. Ansin d'aithin Herrera go raibh an gunna dírithe aige ar bheirt chailíní a bhí ina seasamh in imeall na gcrann agus cuma an-scanraithe go deo orthu.

Chuaigh Miss Griffin agus Dai Williams ar shiúlóid bheag thart ar an loch, ach bhí Jonathan agus Christopher fós sínte amach ar an bhféar ar bhruach an uisce.

Faoin am seo bhí gach rud ar eolas ag Miss Griffin faoin tiománaí bus. Bhí Dai ina chónaí leis féin i mbaile beag ar imeall Cwm Alaw. Ní raibh sé pósta, agus mar chaitheamh aimsire d'imríodh sé cluiche biongó sa chlub áitiúil nó d'fhéachadh sé ar scannáin ar an teilifís.

Níor imir Miss Griffin biongó riamh agus de ghnáth d'fhanadh sí istigh an oíche ar fad ag marcáil obair bhaile nó ag léamh úrscéalta clasaiceacha. Ach thaitin Dai Williams léi; fear simplí a bhí ann agus gan aon ní sa saol ag cur buartha air.

Go tobann chuimhnigh sí ar an mbeirt chailíní.

"Meas tú cá bhfuil Hayley agus Judith?" ar sise go himníoch. "Tá sé níos mó ná leathuair an chloig ó chuaigh siad ar ais faoi choinne an cheamara."

Chas Dai Williams chuici agus rug ar a láimh.

"Ná bí buartha, a Mharjorie," ar seisean de gháire. "Ní bheidh siad i bhfad eile. Caithfidh tú foghlaim gan a bheith ag imní i gcónaí."

* * *

"Isteach sa charr libh!" a d'ordaigh Jaime Herrera go

giorraisc. Ní raibh an dara rogha ag na cailíní. Bhí glais lámh orthu. D'oscail Pierre Guyot doras cúil an chairr gur bhrúigh isteach iad.

Ní raibh a fhios ag an dá bhithiúnach cá mhéad go díreach a chonaic an bheirt chailíní, agus dá bhrí sin chinn siad ar iad a bhreith leo go Mieres.

"Beidh gialla an-úsáideach má théann cúrsaí ar cearr orainn," arsa Herrera.

Chuaigh sé i suíochán an tiománaí agus shuigh an Francach isteach taobh leis. Dhúisigh Herrera an t-inneall agus d'imigh siad leo ag déanamh ar Mhieres.

"Ní bheidh mórán póilíní sa bhaile inniu," ar seisean le Guyot. "Tá *fiesta* ar siúl i León. Tá páipéir bhréige i bpóca an dorais in aice leat. De réir na bpáipéar sin thugamar an mhaidin ar dualgas i León agus anois táimid ar ár mbealach ar ais chuig an stáisiún póilíní i Santander."

Bhí Hayley agus Judith ag éisteacht gan dada a rá, an áit a raibh siad taobh thiar den dá bhithiúnach. Bhí siad ag déanamh staidéir ar an bhFraincis ar scoil agus d'éirigh leo beagnach gach focal uathu a leanúint. Bhí tuiscint ag teacht chucu ar an ngnó uilig anois, agus go deimhin ba é sin féin an gnó contúirteach. Go tobann chuimhnigh Hayley ar Arfon. Bhí sí ar buile leis roimhe seo, ach anois ba mhaith léi a leithscéal a ghabháil leis. Ach an bhfaigheadh sí deis labhairt le hArfon go deo arís? Dhún sí a súile agus í ag iarraidh dearmad a dhéanamh de gach rud.

12

D'amharc Dean ar a uaireadóir; bhí sé cúig nóiméad go dtí a haon. Bhí sé tar éis a bheith ag siúl thart le dhá uair an chloig anois agus bhí tuirse mhór air. Bhí sé ar a bhealach le castáil le hArfon ar a haon a chlog mar a bhí socair acu.

Sheas sé nóiméad taobh amuigh de shiopa seodóra sa chearnóg mhór, *Chez Alfonsín*. Bhí an siopa lán de chlocha lómhara, agus de chloig agus uaireadóirí, ach bhí siad go léir an-daor, na céadta punt ar gach aon cheann. Ní raibh luach deich bpunt féin in airgead na Spáinne ina phóca ag an mBreatnach óg. Theastódh ó dhuine a bheith ina mhilliúnaí le dul isteach sa siopa sin, arsa Dean leis féin le searbhas. Nó ina ghadaí!

* * *

Pháirceáil Jaime Herrera an carr póilíní ar imeall na cearnóige, céad slat ó shiopa Alfonsín.

"Tabhair dom an gunna," ar seisean le Pierre Guyot.

"Ach cad faoi na cailíní?" arsa an Francach. Mhothaigh Guyot cineál nocht gan a ghunna.

"Nach bhfuil an smachtín agat? Bhuel, úsaid é más gá."

D'éirigh sé as an gcarr, dhún an doras ina dhiaidh agus shiúil i dtreo an tsiopa seodóra. Bhuail clog na cearnóige a haon. Osclaíodh doras shiopa Alfonsín agus tháinig beirt amach, fear agus bean óg. Ghéaraigh Herrera ar an siúl.

"Señor Alfonsín!"

Thiontaigh an fear thart.

"Sea?"

"Bhí mé ag iarraidh teagmháil leat ar an nguthán. An bhféadfainn labhairt leat ar feadh nóiméid?"

"Cinnte," arsa an fear, agus chas sé chuig an mbean óg. "Féadann tusa dul abhaile, a Charla," ar seisean léi. "Feicfidh mé thú ar a ceathair a chlog... Agus tusa, *señor*, tar isteach sa siopa."

Lean Herrera é isteach sa siopa, agus dhún sé an doras go ciúin ina ndiaidh. Ba léir nach raibh amhras dá laghad ag Señor Alfonsín air.

"Anois, más ea," arsa úinéir an tsiopa. "Cad é is féidir liom...?"

Níor chríochnaigh sé an abairt. D'ardaigh Herrera an gunna gur bhuail é anuas go trom ar chloigeann Señor Alfonsín.

13

D'imigh an dá uair an chloig thart an-tapa sa chlub júdó agus bhí na daoine go léir ar a mbealach chuig an gciothlann i ndiaidh na gcleachtaí. D'éirigh Arfon

agus rinne ar an doras. Bhí a fhios aige go mbeadh Dean ag fanacht leis sa chearnóg.

Bhí an ghrian an-láidir amuigh ar an tsráid agus nuair a bhain Arfon an chearnóg amach chonaic sé go raibh bunús na ndaoine ina suí taobh amuigh de na caifeanna mar go raibh sé róthe le bheith ag siúl i bhfad.

D'fhéach sé ar chlog halla an bhaile; deich i ndiaidh a haon. Ansin chonaic sé Dean. Bhí sé ina sheasamh gar do charr póilíní ar an taobh eile den chearnóg. Lig Arfon scairt air ach níor thiontaigh Dean a chloigeann, agus mar sin de bheartaigh Arfon bualadh trasna na cearnóige chuige.

Chuala Dean guth Arfon ceart go leor ach bhí a aird ar rud eile ar fad. Bhí carr póilíní páirceáilte cúig slata uaidh agus bhí beirt chailíní ina suí sa chúl taobh thiar den phóilín a bhí sa suíochán tosaigh. Príosúnaigh a bhí sa bheirt chailíní, chomh dócha lena athrach. Meas tú cad é tá déanta acu? arsa Dean ina intinn féin.

Chuaigh sé a fhad leis an gcarr agus d'amharc isteach. Thiontaigh bean de na cailíní a ceann agus baineadh an-stangadh go deo as Dean. Judith a bhí ann, agus glais lámh uirthi!

Chonaic Pierre Guyot an buachaill ag déanamh ar an gcarr, agus chuala sé an bheirt chailíní ag caint go corraithe sa suíochán cúil. Níor thuig Guyot focal den teanga a bhí siad a labhairt, ach d'aithin sé go gcaithfeadh sé rud éigin a dhéanamh. D'oscail sé an doras agus d'éirigh as an gcarr. Anonn leis go dtí an buachaill gur thug leiceadar san aghaidh dó. Thóg Dean coiscéim ar gcúl.

Díreach ag an nóiméad sin tháinig Arfon ar an láthair. Chuala sé an leiceadar á bhualadh agus duine éigin ag cnagadh ar fhuinneog an chairr. D'amharc sé isteach agus chonaic sé Hayley. Bhí dath bán ar an aghaidh dhathúil aici.

* * *

Thug Dai Williams faoi deara an dreach imníoch ar aghaidh an mhúinteora.

"Cad é tá cearr?" ar seisean. "Ná habair go bhfuil tú fós buartha faoi na cailíní?"

"Tá," a d'fhreagair Miss Griffin. "Ba chóir go mbeidís a bheith ar ais faoi seo."

"Ceart go leor," arsa Dai, ag ligean osna as. "Téanam orainn go bhfeicimid cá bhfuil siad mar sin."

Chuaigh siad suas an cosán tríd an gcoill. Nuair a shroich siad an bus ní raibh an bheirt chailíní le feiceáil in áit ar bith.

"Cá bhfuil siad ar chor ar bith?" arsa Miss Griffin.

"Cá bhfuil eochracha an bhus?" arsa Dai Williams.

Thiontaigh an múinteoir chuige.

"Cad é a deir tú? An é nach bhfuil eochracha

42

spártha agat?"

"Tá," arsa Dai agus seanbhlas air. "Tá siad fágtha i mo dhiaidh agam sa teach aíochta!"

* * *

Thug Guyot aghaidh ar an dara buachaill. An iarraidh seo bhí air malairt cleas a tharraingt chuige. Bhí cuma níos láidre ar an mbuachaill seo. Tharraing Guyot an smachtín as a chrios agus d'ardaigh san aer é.

Chonaic Arfon an smachtín ag teacht anuas. Níor thuig sé olc ná maith cad é a bhí ag dul ar

aghaidh ach chaithfeadh sé é féin a chosaint. Thug sé faoin ionsaitheoir, fuair greim ar an láimh a raibh an smachtín inti, tharraing an fear síos beagán agus ansin chaith sé Guyot thar a ghualainn d'aon ghluaiseacht thobann amháin.

Bhuail an bithiúnach an cosán go trom agus d'fhan ina luí ansin ag geonaíl.

Chonaic na daoine ag an gcaife ba chóngaraí an t-iomlán, agus shíl siad go raibh an buachaill i ndiaidh ionsaí a dhéanamh ar phóilín. Thosaigh siad a scairtigh go feargach agus a dh'éirí ó na boird.

D'oscail Arfon doras cúil an chairr.

"Ní póilín é sin ach bithiúnach," arsa Judith. "Agus tá bithiúnach eile sa siopa seodóra. Beidh sé ag teacht ar ais, agus tá gunna aige!"

An iarraidh seo ba é Dean ba ghaiste a smaoinigh ar sheift. Bhí slua daoine ag teacht trasna na cearnóige i dtreo an chairr.

"Isteach sa charr!" ar seisean le hArfon. "Go beo!"

Go hádhúil le Dia bhí Jaime Herrera tar éis na heochracha a fhágáil sa charr. Dhúisigh Dean an t-inneall agus bhog siad leo.

"Ná gabh an bealach sin!" a scairt Judith. "Sin an siopa seodóra!"

"Níl an dara rogha againn," arsa Dean. "Is sráid aon treo í seo."

Go tobann osclaíodh doras an tsiopa seodóra agus b'iúd amach Herrera agus mála ar iompar aige. D'amharc sé ar an gcarr póilíní agus iontas air. Ansin thosaigh sé a rith chuige.

"Stop, a Ghuyot!" a scairt sé. "Stop!" Tharraing sé an gunna as a phóca.

Chonaic Dean an póilín bréige os a chomhair, agus chas sé an roth go tobann ar clé. Ar an drochuair, rith an bithiúnach an treo céanna agus ní raibh seans ag an mbuachaill é a sheachaint. Bhuail boinéad an chairr Herrera agus teilgeadh an Spáinneach i gcoinne cuaille ar thaobh na sráide. Thit sé go talamh agus greim aige ar a chos chlé. Bhí an gunna tar éis titim giota maith uaidh.

Stop Dean an carr. Bhí allas lena éadan. D'oscail duine éigin doras an chairr gur tharraing amach é. Bhí gach duine ag scairtigh go bagrach leis féin agus le hArfon mar a bheadh fonn orthu iad a chrochadh.

Ansin d'éirigh Hayley amach as an gcarr gur thosaigh a labhairt leis an slua i Spáinnis. Labhair sí mar nár labhair sí riamh cheana ina saol. D'inis sí dóibh faoin gcarr sa choill, agus faoi na fir ag cur cultacha póilíní orthu, faoi shiopa Alfonsín, agus faoin tríú bithiúnach a bhí ag fanacht lena chomrádaithe ar an mbóthar go hOviedo.

Nuair a bhí deireadh ráite aici, d'imigh fear amháin go dtí an siopa seodóra féachaint an raibh an fhírinne sa scéal. Nuair a d'fhill sé dúirt sé go gcaithfí glaoch ar na póilíní gan a thuilleadh moille.

Ach níor ghá. Leis sin féin tháinig carr póilíní isteach sa chearnóg ar luas agus na boinn ag scréachaíl. Bhí Miss Griffin sa suíochán cúil.

45

An oíche sin chruinnigh na daoine óga go léir i seomra Hayley agus Judith. Bhuel, ní hiad go léir. Bhí Jonathan ina shuí i seomra Miss Griffin agus é ag insint di faoi oíche an dioscó.

"Ní dhearna Arfon rud ar bith as bealach an oíche sin," ar seisean. "Bhí imeachtaí na hoíche ar fad bunaithe ar bhréag. Dúirt mise le hArfon agus Hayley go raibh cead againn uaitse dul amach."

"Agus d'inis tú bréag eile domsa ina dhiaidh sin nuair a d'fhiafraigh mé díot cé a bhí in éindí le hArfon an oíche sin," arsa Miss Griffin.

"D'inis, d'inis mé dhá bhréag," a d'admhaigh Jonathan. "Má bhíonn tú ag plé scéal an dioscó leis an bpríomhoide beidh ort a rá gur mise ba chiontaí leis an iomlán."

Smaoinigh Miss Griffin ar an méid a dúirt Jonathan. Ansin smaoinigh sí ar an turas ina iomlán.

"Ná bí buartha," ar sise sa deireadh. "Tá mé chun dearmad a dhéanamh den scéal ar fad. Déanaimid go léir rudaí nár chóir dúinn a dhéanamh, a Jonathan. Tá mé buíoch díot as a bheith chomh hionraic sin."

* * *

Idir an dá linn bhí an chuid eile den ghrúpa ag ceil-

iúradh i seomra na gcailíní. Bhí Arfon ina shuí in aice le Hayley agus greim aige ar a láimh, agus bhí Judith ag amharc san aghaidh ar Dhean fad a bhí sé ag insint do Christopher faoi na bithiúnaigh. Bhí Dean ina laoch mór, dar le Judith. Thosaigh sí a chaint faoin dóigh ar láimhseáil sé an carr agus faoin dóigh ar thug sé faoin mbithiúnach a raibh an gunna aige.

"Is tú a bhí cróga i gceart, a Dhean," ar sise de ghuth íseal, "agus tú chomh cliste!"

Las aghaidh Dhean.

"Tá sé chomh maith agam an fhírinne a

dhéanamh," ar seisean léi. "Ní raibh mé cróga ar chor
ar bith. Thug mé iarraidh an carr a stopadh, ach in
ionad brú ar na coscáin is é rud a bhrúigh mé ar an
luasaire....!"